El arcoíris lunar es un fenómeno natural que ocurre en raras ocasiones. Una tormenta fugaz por la noche puede dar lugar a su aparición. Es algo muy hermoso.

Para la estrella que siempre brilla, mi madre.
Dolores Brown

Para mi familia.
Sonja Wimmer

nubeclásicos

La ola de estrellas
Colección Nubeclásicos

© del texto: Dolores Brown, 2019
© de las ilustraciones: Sonja Wimmer, 2019
© de la edición: NubeOcho, 2019
© de la traducción: Luis Amavisca, 2019
www.nubeocho.com • info@nubeocho.com

Título original: *A Wave of Stars*
Primera edición: noviembre 2019

ISBN: 978-84-17673-40-6
Depósito Legal: M-19436-2019

Impreso en China respetando las normas internacionales del trabajo.

La ola
de estrellas

Dolores Brown & Sonja Wimmer

nubeOCHO

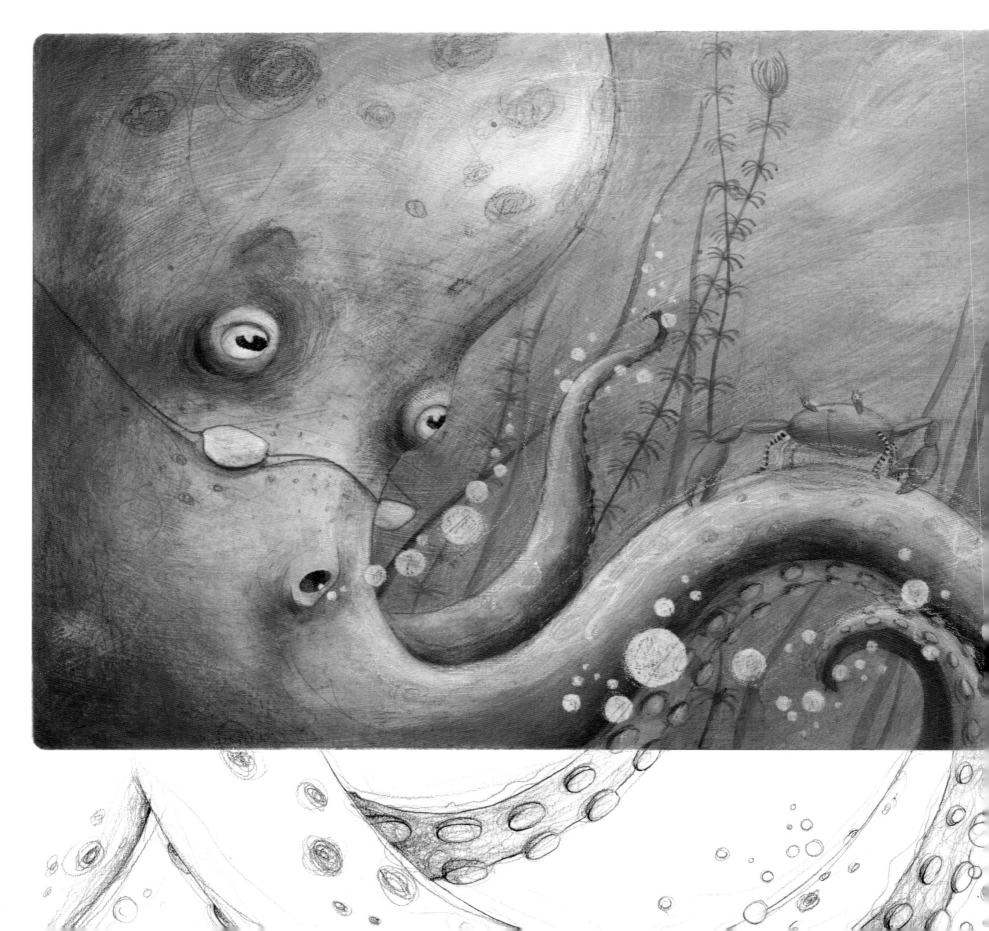

El pulpo siempre les contaba historias fascinantes antes de ir a dormir.
Esa noche todos los animales escucharon la leyenda del arcoíris lunar.

A la foca Mimbi le encantaban los arcoíris.
Pero ¿qué era un arcoíris lunar?
¿De verdad existían?

El pulpo continuó narrando la leyenda. Les contó que
si un habitante del mar veía un arcoíris lunar,
¡se transformaría en humano!

Eso les dio mucho miedo a todos.

Una tarde, Mimbi y Kipo jugaban en los corales y no se dieron cuenta de que empezaba a anochecer.

De repente, el cielo se cubrió de nubes y comenzó a llover con fuerza.

Pero pronto las nubes desaparecieron y dejó de llover.
¡Un arcoíris lunar apareció en el cielo!

Kipo se acordó de la leyenda que les había contado el pulpo.
—¡Cierra los ojos, Mimbi! ¡Cierra los ojos! —gritó.

Era demasiado tarde. Habían visto el arcoíris lunar y sus cuerpos empezaron a transformarse.

Mimbi y Kipo se miraron asustados mientras sus aletas se convertían en manos.

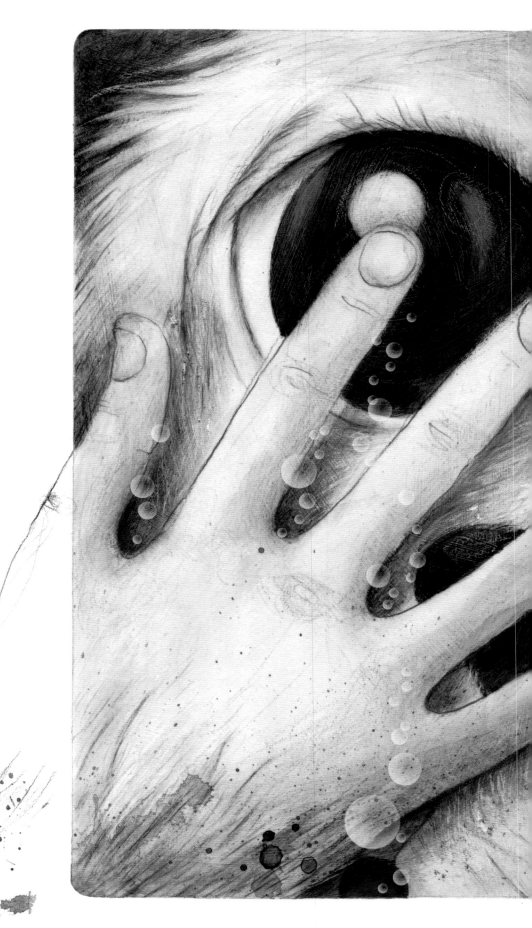

¡Mimbi se transformó en una niña! ¡Y Kipo en un niño!
Ellos, que siempre aguantaban mucho tiempo bajo el agua,
sintieron por primera vez que les faltaba el aire.

Con esfuerzo llegaron a la superficie. Sus cuerpos
eran diferentes y les costaba nadar sin aletas.
Estaban agotados y necesitaban encontrar
un sitio para descansar.

Cuando llegaron a la orilla de la playa,
Mimbi y Kipo lloraron desconsolados.

—Pero ¿dónde están mis aletas? ¿Y por qué
tengo el pelo y las orejas tan raras?

—Mimbi... Yo echo de menos mi caparazón.
¡Era mi casa!

En ese momento pasó por allí un pescador.
Cuando vio a los dos niños llorando, se acercó.

—¿Quién eres? —preguntó Mimbi.
—Soy Guillermo. ¿Y tú? Nunca te había visto en el pueblo. Y a ti tampoco.

—Yo me llamo Mimbi y mi amigo se llama Kipo.
Soy una foca, y él una tortuga.

—¿Cómo? ¡Entonces la leyenda es verdad! —exclamó
Guillermo—. Hoy vi un arcoíris lunar...

—¿Conoces la leyenda? —preguntó Kipo—. Nosotros
queremos volver a ser como antes... ¿Qué podemos hacer?

—La leyenda cuenta que solo puedes volver a ser un animal del mar
si nadas bajo la ola de estrellas —dijo Guillermo.

—¿Ola de estrellas? ¿Y eso qué es? —preguntó Mimbi.

—Mañana la buscaremos. Ahora tenemos que descansar —respondió Guillermo.

Por primera vez en sus vidas Mimbi
y Kipo durmieron en una cama.

Al día siguiente Mimbi desayunó
pescado, y Kipo, plantas.

Por la tarde jugaron con Guillermo
en la playa, aunque seguían sin
acostumbrarse a sus brazos y a
sus piernas.

Al anochecer notaron algo extraño en el cielo.

—Hay una luz muy especial. Creo que encontraremos la ola de estrellas —dijo Guillermo.

Mimbi y Kipo miraron la Luna esperanzados.

Los tres caminaban por la playa cuando Kipo gritó:

—¡El agua está llena de luz!

—¡Bajo la ola de estrellas, rápido! —les animó Guillermo.

Cuando se metieron debajo de la ola, comenzaron
a transformarse otra vez.

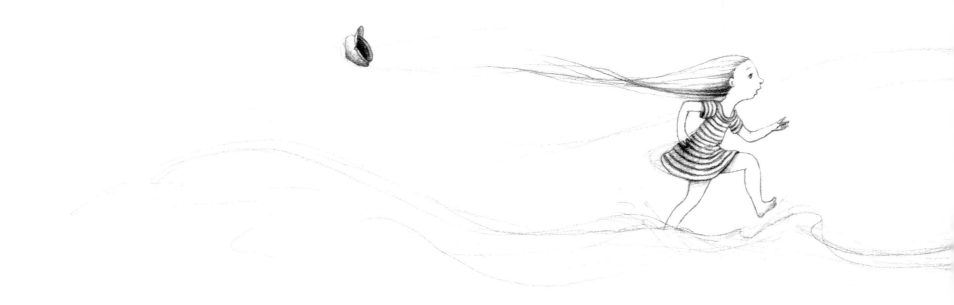

¡Eran de nuevo una tortuga y una foca! Desde el agua,
dijeron adiós a Guillermo. Sus amigos estarían preocupados por ellos.

Cuando regresaron a las profundidades, todos los recibieron con alegría. ¡Por fin estaban en casa!

Pasó el tiempo y Mimbi y Kipo
volvieron a menudo a la playa…

Cuando jugaban con Guillermo,
muchas veces se acordaban de aquel día,
el día en que fueron niños.

31901066017742